Combinaison gagnante

Jane Singleton Paul
Illustré par Sébastien des Déserts

Pour Simon Giroux,
mon élève en CE1.
Vroom ! Et bonne
route . De tout cœur.

talents hauts

Mrs.
Paul

16. XI. 2010

Pour Philippe
J. S. P.

Conception graphique : Aude Cotelli

© Talents Hauts, 2010
ISSN : 1961-2001
ISBN : 978-2-916238-83-8
Loi n° 49-956 du 16 juillet 1949 sur les publications destinées à
la jeunesse
Dépôt légal : août 2010

Chapitre 1

Changer de vie

— Mmm... Quelle course choisir aujourd'hui ? Monza, en Italie ? Spa, en Belgique ? Le Brésil ? Montréal ? Monaco, là où Olivier Panis a remporté son Grand Prix ? Ça y est, j'ai trouvé : Silverstone ! En Angleterre, je double comme je veux. Massa y a fini quatrième l'année dernière, mais, avec moi au volant, il va gagner !

Ce mercredi, en tout début d'après-midi, Axelle Blanchard est devant la console de jeux vidéo dans sa chambre pour une simulation de course. Pour le choix du pilote, elle n'hésite pas une seule seconde. Elle est fan de plusieurs coureurs : le Finlandais Kimi Räikkönen, l'Anglais Lewis Hamilton, l'Espagnol Fernando Alonso, mais son préféré est le Brésilien Felipe Massa. Le voir au volant de sa Ferrari lui plaît plus que tout. D'ailleurs, n'a-t-elle pas choisi comme adresse courriel : iheartmassa72@yahoo.fr ?

Juste à ce moment-là, on frappe. Guillaume, son grand frère, entre et s'écroule sur le lit.

– Tu en fais une tête ! Qu'est-ce que tu as ? demande Axelle, se retournant vers lui.

– J'en ai assez. Je n'ai pas envie d'y aller, bougonne Guillaume.

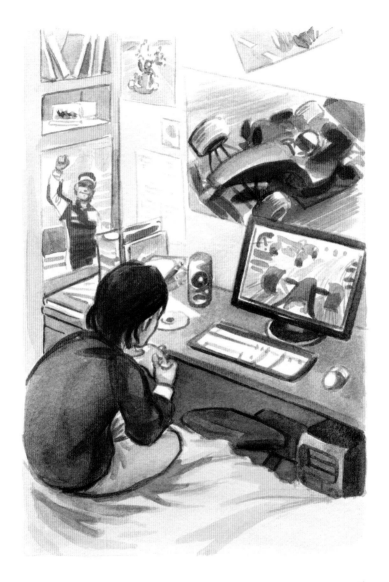

– De quoi tu parles ?

– De l'entraînement cet après-midi, comme tous les mercredis, comme tous les samedis, depuis que j'ai huit ans. D'être sur la route presque chaque week-end pour les compétitions de kart. De me traîner à Magny-Cours dans quinze jours pour voir la satisfaction des parents lorsque Thibault gagnera sa course, et leur déception quand je perdrai la mienne. Tu as remarqué, il y a quinze jours à Pau : je suis arrivé dernier ! J'en ai ras le bol. Ils n'ont toujours pas compris que le sport automobile, c'est pas mon truc ! C'est le leur, et celui de Thibault, ronchonne Guillaume.

– Et le mien, soupire Axelle.

– Le tien ? Mais à toi, ils ne demandent rien... t'es tranquille, toi.

Guillaume lève les yeux sur les posters qui tapissent les murs de la chambre : des voitures Williams, Renault et Ferrari… avec Massa qui trône au milieu.

– C'est pas juste, reprend Axelle, sur un ton amer. Les parents font tout pour que tu deviennes pilote de course, et tu n'en as même pas envie. Tu veux juste écrire tes poèmes. Et moi, je ferais tout pour courir, et on ne veut rien savoir.

– Qu'est-ce que tu veux qu'on y fasse ? demande Guillaume.

– Si seulement on pouvait échanger nos vies…, soupire Axelle en haussant les épaules.

Guillaume, jusque-là affalé sur le lit d'Axelle, se relève et écarquille les yeux.

– Oui, c'est ça ! Exactement ! s'exclame-t-il. C'est comme dans la pièce de Shakespeare, *La Nuit des rois*. On l'a étudiée au cours de théâtre. La fille, Viola, se déguise en garçon parce qu'en ce temps-là, une femme devait être sous la protection d'un homme. On la prend pour son frère. Après toute une série d'embrouilles, à la fin, chacun est gagnant. Et c'est ça qui compte, n'est-ce pas ?

– Qu'est-ce que tu me racontes là ? embraye Axelle.

– Pourquoi on ne ferait pas la même chose ? Tu prends ma place sur les circuits, et pendant ce temps-là, je bouquine, j'écris… je respire ! dit Guillaume, en s'animant.

– Arrête de délirer. Je ne peux tout de

même pas prendre ta place sur la piste, proteste Axelle faiblement.

–Bon, d'accord, oublie, gémit Guillaume, redevenu maussade. Je m'entraîne depuis des années, et tu as vu le résultat ?

Toi, tu es au top en simulation de course, mais comme tu n'as suivi aucune préparation sur piste bitumée, je suppose que tu n'aurais jamais le niveau pour prendre ma place au volant. On est loin d'être prêts pour une intrigue à la Shakespeare !

Axelle dévisage son frère et pense : « Et si son idée n'était pas si farfelue que ça ? »

– C'est sérieux ? lui demande-t-elle. Tu te sens capable de monter un coup comme ça ?

– Ben oui !

Axelle esquisse un sourire. Guillaume insiste :

– Allez, frangine ! Si on faisait pareil ?…

– C'est parti, *William* !

Premier
entraînement

Une heure plus tard, Guillaume et Axelle arrivent ensemble au circuit de karting et se dirigent tout droit vers le stand de Ludovic, l'entraîneur de Guillaume.

– Prêt, jeune homme ? On a du boulot, tu sais, s'exclame Ludovic, en levant la tête du moteur sur lequel il travaille.

– Salut, Ludovic, dit Guillaume. Regarde qui est venu te dire bonjour.

— Je ne t'ai pas vue arriver, dit Ludovic. Comment ça va, Axelle ?

— Bien, répond-elle un peu nerveusement. Ludovic, j'ai quelque chose à te demander.

— Vous avez l'air bien mystérieux. On dirait que vous mijotez quelque chose.

Ludovic a une tendresse particulière pour les cadets de la famille Blanchard. Lorsque Didier, leur père, fit ses débuts en karting, Ludovic travaillait déjà comme mécanicien, et ils avaient préparé ensemble ses premières courses. Dans le temps, on faisait avec les moyens du bord. Pas comme aujourd'hui quand faire du karting demande un engagement familial et un investissement financier important.

13

– Alors, vous crachez le morceau? demande-t-il tout en faisant cliquer sa clé à douille. On n'a pas que ça à faire.

– Depuis toujours, Axelle ne rêve que d'une chose: courir! démarre Guillaume.

– Je le sais bien. Je sais aussi que vos parents ne veulent rien entendre, dit Ludovic.

– Tu serais d'accord pour m'entraîner à la place de Guillaume cet après-midi? demande Axelle. Ça me donnerait l'occasion de rouler sur une vraie piste, de voir de quoi je suis capable au volant d'un vrai kart. J'en rêve depuis des années.

– Ça, je suis bien placé pour le savoir, répond-il. Je me souviens de ta fameuse déception le jour de tes huit ans.

Les deux adolescents ne bronchent pas et continuent à regarder Ludovic. Les observant d'un air attendri, Ludovic reste pensif un instant.

– Bon, dit-il enfin. Actuellement, vous êtes exactement de la même taille, ça facilite les choses. Guillaume, passe-lui ton casque, tes gants, ta combinaison. Quant aux chaussures, elle garde les siennes. Je vous préviens : c'est pour un après-midi, un seul. N'allez pas me demander la même chose dans une semaine. Tout à l'heure, Guillaume, tu feras quand même une heure de piste. Samedi prochain, on reprend ton entraînement de façon intensive. La course de Magny-Cours a lieu dans dix jours... et je te rappelle que tu cours ! Après ce qui s'est passé à Pau,

on ne peut pas dire que tu sois vraiment prêt. Axelle, qu'est-ce que tu attends ? débite Ludovic, comme s'il se pressait avant de changer d'avis.

Axelle n'en croit pas ses oreilles mais ne pose pas de questions. Elle enfile la combinaison et les gants de Guillaume. Avant de mettre le casque, elle ne peut pas s'empêcher de dire :

– Ludovic, t'es génial !

– C'est rien, ça, dit-il. Seulement, pas un mot à tes parents ! Je connais Didier et Valérie depuis longtemps, je sais que cela ne les amuserait pas, mais alors, pas du tout.

Dix jours plus tard, toute la famille est en route pour le Nivernais. Valérie et Didier se relaient au volant du fourgon familial, Ludovic est endormi sur le siège arrière, Guillaume et Thibault ont leurs lecteurs mp3 aux oreilles, Axelle ferme les yeux. Elle revoit ses essais sur la piste et se remémore la sensation qu'elle a éprouvée lors de la séance d'entraînement. Ce soir, dans la pénombre de la voiture, bercée par le bruit du moteur, elle en rêve encore.

À douze ans, sa vie ressemble à une succession de tâches imposées par d'autres : parents, maîtresses, professeurs, tous des adultes. On lui dit quoi faire, et comment, et quand, et avec qui. Cet après-midi-là, elle a découvert une sensation grisante qu'elle n'avait jamais connue : derrière le volant, c'est elle qui commandait ! C'est elle qui prenait les décisions ! Elle repense à la tête que faisait Ludovic à l'issue de son dernier tour de piste. Ses remarques avaient été brèves, mais son regard en disait long.

– Pas mal, pour une première séance d'entraînement, avait-il dit simplement.

Malgré cette réaction réservée, Axelle a deviné qu'elle l'a impressionné en améliorant méthodiquement ses chronos, tour après tour. Le temps d'un après-midi seulement, elle a enregistré d'aussi bons résultats que ceux de Guillaume qui, lui, s'entraîne déjà depuis six ans.

Plus tard, Ludovic a toutefois précisé :

– Devenir pilote de course, c'est un engagement de longue haleine. Un coureur doit suivre un entraînement physique très dur. Niveau psychologique, n'en parlons même pas. De nos jours, les jeunes font tout pour gagner, même quand le talent leur manque. Pour toi, Axelle, on dirait que ça roule tout seul.

Suspendus à ses lèvres, Axelle et Guillaume l'ont écouté sans dire un mot. Ludovic a ajouté :

– Allez, sauvez-vous. Et que vos parents n'aient pas le moindre soupçon de nos tours de piste.

– Promis juré. Ils n'en sauront rien.

Galvanisée par les propos de Ludovic, Axelle en avait presque oublié la fatigue. Sur le chemin du retour à la maison cet après-midi-là, elle était heureuse, et le soir, seule dans sa chambre, elle s'était laissée aller au rêve.

Chapitre 3

Une longue lignée

Au Mans, tout le monde connaît Didier et Valérie Blanchard, des inconditionnels du sport automobile. Après ses succès en Formule Renault, Didier fut propulsé aux 24 Heures du Mans. Il devint coureur professionnel, et même s'il n'atteignit jamais la gloire d'un Alain Prost, ses exploits tenaient la route. Quant à Valérie, elle a trouvé le moyen de concilier sa passion pour les belles voitures et sa vie professionnelle actuelle puisqu'elle est commerciale à l'export pour Renault.

Les Blanchard sont originaires du Mans. L'arrière-grand-père de Valérie travaillait comme ouvrier dans les usines des Frères Bollée du temps des premières automobiles. Aujourd'hui, les parents Blanchard perpétuent la tradition familiale. Didier est complètement accro de sport automobile et Valérie est aussi mordue que son mari. Ils imaginent déjà Thibault et Guillaume grands pilotes de Formule 1, mondialement connus sous le nom des « Frères Blanchard » !

Pour Thibault, l'aîné, pas de problème : ses aspirations rejoignent parfaitement celles de ses parents. À peine sorti du berceau, Thibault se retrouva à califour-

chon sur une petite voiture. À la trotti-
nette, au vélo et aux patins à roulettes
succédèrent le quad et la moto. Lors de
sa première année de compétition de
kart, en catégorie « France Cadets », il
remporta le prix pour la région Bretagne-
Pays de Loire.

Aujourd'hui, à seize ans, Thibault évolue en Formule Renault 2.0 au sein de laquelle courent les jeunes espoirs français. Pendant la saison, toute la famille accompagnée de Ludovic, sillonne la France, se rendant à Nogaro, Pau, Magny-Cours, ou Dijon, et même à l'étranger, à Barcelone et Valence en Espagne, et à Portimao au Portugal. Dans deux ans, Thibault aura l'âge de courir en Formule 3 au sein du championnat « Euro Séries » pour ensuite participer au championnat GP2, considéré comme l'antichambre de la Formule 1 ! Sa passion ne connaît pas de bornes : la voie de Thibault est tracée.

Pour Guillaume, c'est une toute autre histoire… Dans un premier temps, Guillaume s'est prêté au jeu, mais en grandissant il a affirmé ses goûts et il préfère décidément les livres : avec un livre, il voyage partout et quand il veut. Décortiquer les mots pour ensuite les arranger à sa guise, c'est ce qui le transporte ! La mécanique, Guillaume n'en a que faire. Les voitures, ce n'est pas son truc.

Mais né « Blanchard », au Mans, la question ne se pose pas ! Lorsque son père avait amené Guillaume sur le circuit le jour de ses huit ans pour essayer le kart tout neuf, il aurait dû se douter de quelque chose. Guillaume était loin de sentir la piste comme le faisait son frère.

– Ne t'inquiète pas. Tu auras tous les mercredis après-midi et tous les samedis pour t'entraîner avec Ludovic. Tu seras bientôt aussi fort en karting que ton frère ! l'avait rassuré son père.

Aujourd'hui, à quatorze ans, Guillaume n'est intéressé que par les poèmes de Rimbaud et les ateliers d'écriture. Après le collège, il préférerait slammer avec d'autres jeunes au café et déclamer la poésie qu'il écrit. Mais que cela lui plaise ou non, tous les mercredis après-midi et tous les samedis, il se rend sur la piste pour faire du kart.

Axelle ronge son frein

Didier Blanchard est catégorique : le sport automobile est réservé aux garçons.

À la veille de sa naissance, les parents d'Axelle ne se posèrent aucune question sur le sexe de leur enfant : ils savaient que ce serait un troisième garçon qu'ils appelleraient Axel. Depuis quatre générations, il n'y avait que des garçons chez les Blanchard. La grand-mère de Didier avait prévenu Valérie :

– Oui. Vous pouvez y compter. Ce sera un garçon, comme les vingt-neuf autres avant lui. Le nom Blanchard n'est pas près de s'éteindre. Ça, non !

– Tiens, une petite Axelle ! C'est une originale, dirent Didier et Valérie lorsque leur fille pointa le nez. En voilà une qui ne fera pas comme les autres !

Ils ne savaient pas à quel point leurs paroles se révéleraient justes.

Lorsque Axelle eut deux ans, elle charma ses parents en chevauchant la voiture de Guillaume.

Lorsque Axelle eut quatre ans, elle étonna ses parents en construisant un circuit miniature pour la collection de petites voitures de Thibault.

Lorsque Axelle eut six ans, elle amusa

ses parents en commandant le jeu de construction *Ferrari F1 Racers* avec le circuit incorporé.

– Que c'est chou ! Elle veut faire comme son papa, murmurèrent-ils sur un ton attendri.

Ils ne croyaient pas si bien dire.

Lorsque Axelle eut huit ans, le charme fut rompu.

– Je voulais un kart, dit-elle, déçue, en découvrant ses cadeaux d'anniversaire. Thibault en a eu un le jour de ses huit ans. Guillaume en a eu un le jour de ses huit ans. Et moi ? Il est où, mon kart à moi ?

Et là, Didier et Valérie tombèrent des nues.

– Comment vais-je faire, moi, pour

m'entraîner avec Ludovic? continua Axelle résolument.

– S'emballer pour un jeu de Lego F1 est une chose, piloter un kart, c'en est une autre, déclara son père avec fermeté. Le sport automobile n'est pas pour les filles!

Valérie, elle, garda le silence.

– Vous savez bien que j'adore ça, répliqua Axelle. Je regarde toutes les courses de Formule 1 à la télé. Je connais tous les pilotes. Enfin, quoi! Je joue aussi bien que Guillaume et Thibault à *F1 Championship* sur console et je les bats même tous les deux!

Plus tard, enfermée dans sa chambre, Axelle prit une grande décision: «Je ne sais pas encore comment, mais je trouverai un moyen pour devenir pilote. Ils verront que je suis aussi capable que quiconque d'y arriver.»

Et elle se jura pompeusement : «Si la voie de mes deux frères est tracée, au moins, la mienne sera gagnée!»

Axelle se renseigna sur la présence de femmes dans le sport automobile. Elle apprit que des filles pilotaient bel et bien des karts, que certaines couraient en compétition. Le jour de ses onze ans, lorsque Axelle osa mentionner les catégories de courses dites « féminines », elle constata que, pour son père, l'affaire était classée.

Ce soir-là, Valérie retrouva Axelle dans sa chambre et s'assit à côté d'elle sur son lit.

– Je comprends que tu aies envie de courir. Mais il va falloir que tu te fasses une raison. Le sport automobile n'a jamais su accueillir les femmes. Moi aussi, j'ai rêvé de piloter quand j'avais ton âge, jusqu'au jour où je me suis rendu compte que c'était un monde fermé aux femmes. Tu trouveras d'autres passions.

– Comment peux-tu dire ça? protesta Axelle. Ça existe, des filles qui courent, et pas seulement entre elles. Si tu veux tout savoir, ce qui m'intéresse, c'est de courir *contre* des garçons! Ça existe aussi. Tu n'as jamais entendu parler de Natacha Gachnang?

– Si, une Suisse qui fait parler d'elle en Formule 2…

– Justement, elle a commencé par être championne de karting, puis elle a fait de la Formule BMW, de la Formule 3, et de la Formule 2 sur des voitures construites par Williams! Depuis le début, il n'y a que cinq femmes qui ont couru en Formule 1, mais tu verras, Natacha sera la sixième. Et moi, je ne serai pas loin derrière.

– Ma chérie, si j'étais toi, j'arrêterais de rêver. Laisse la course à tes frères, insista Valérie.

– Si Natacha en est capable, pourquoi pas moi ? continua Axelle, regardant sa mère droit dans les yeux. Elle aussi, elle vient d'une famille du milieu sport auto, comme moi. La seule différence, c'est que sa famille à elle ne lui met pas de bâtons dans les roues !

Depuis ce moment-là, Axelle continue à suivre la carrière de Natacha, et elle passe souvent en revue les qualités de la jeune coureuse : force physique, agilité, capacité à prendre des décisions au bon moment sur la route. Mais, plus important, Axelle admire son caractère : motivation, détermination, maîtrise de soi.

Aujourd'hui, à douze ans, Axelle ronge toujours son frein.

Supercherie
à Magny-Cours

Axelle se réveille brusquement lorsque le camion arrive à Magny-Cours au petit matin. Comme ils doivent être en forme pour courir pendant l'après-midi, Thibault en Formule Renault et Guillaume dans sa catégorie de karting, ses frères restent dans le fourgon aménagé pour dormir quelques heures de plus. Ludovic, Didier et Valérie s'occupent de décharger le camion. Axelle les suit alors qu'ils poussent les deux véhicules vers le stand réservé par les Blanchard où Ludovic vérifiera châssis et moteurs.

En fin de matinée, les paddocks bourdonnent d'activité. Lasse de se sentir la cinquième roue du carrosse, Axelle va se promener sur les lieux. Elle quitte le stand et se dirige vers la foule. En s'approchant, elle aperçoit Olivier Panis,

grand pilote français de F1 des années 1990. Sa présence à Magny-Cours lui permet d'observer les jeunes espoirs de la Formule Renault (comme Thibault), et de jeter un coup d'œil sur ceux qui font du karting. Entouré d'admirateurs et d'enthousiastes, Olivier sourit à ceux qui cherchent à lui serrer la main et obtenir son autographe.

« Et pourquoi je n'irais pas lui parler ? » se demande Axelle, toujours en admiration devant les grands pilotes. « Thibault n'en reviendra pas ! »

– Monsieur Panis ? Puis-je vous demander un autographe, s'il vous plaît ? lui demande-t-elle d'un ton confiant.

– Bien sûr, mademoiselle. Ça fait plaisir de voir les filles s'intéresser à la course

automobile. Comment t'appelles-tu ?
D'où viens-tu ?

– Axelle. Axelle Blanchard. Je suis du Mans.

– Fille de Didier alors ? enchaîne Olivier, tout en signant des autographes pour d'autres jeunes admirateurs. Tu cs dans quelle catégorie de karting cette année ?

Axelle rougit et hésite avant de répondre :

– Je n'ai pas le droit de courir. Mon père pense que ce n'est pas pour les filles, dit-elle, un peu honteuse. Mais moi, je ne demanderais pas mieux !

Olivier rit de bon cœur.

– Tu diras à ton père de ma part qu'il ferait mieux de changer d'avis ! Les filles font d'excellentes pilotes. En tout cas, je te souhaite bonne chance, Axelle, lui dit-il en lui dédicaçant son programme.

S'éloignant du groupe, Axelle regarde ce qu'il a écrit: « Faut que ça roule, Axelle !»

De retour au stand, Axelle retrouve Ludovic, seul avec les deux véhicules. Il s'impatiente de l'absence de Guillaume.

– Mais où est-il? Il aurait dû arriver depuis déjà un quart d'heure.

Devant l'énervement de Ludovic, Axelle décide de lui raconter sa rencontre avec Olivier Panis.

– Sympa, ce gars. Belle carrière. Excellent coureur en Ligier, dit Ludovic, distrait.

– Tu sais ce qu'il m'a dit? affirme

Axelle en brodant un peu. Il m'a dit que les filles peuvent courir aussi bien que les garçons. Que les filles sont capables d'être meilleures que les garçons !

– Mmm... Je suis plutôt d'accord avec lui. Et dans ton cas... Quel gâchis pour le sport automobile ! dit Ludovic, en lui faisant un clin d'œil.

Guillaume arrive alors au stand en titubant. D'une démarche peu assurée, il se traîne jusqu'au kart.

– Qu'est-ce que tu as ? Pourquoi tu es pâle comme ça ? s'étonne Ludovic.

– Je ne me sens pas bien du tout. Je ne sais pas ce qui m'arrive, marmonne Guillaume. Je crois que je vais être malade.

Le visage blafard, Guillaume fait triste mine.

– Mais tu ne peux pas courir dans cet état-là! Il ne fallait pas te goinfrer de chocolat hier soir! s'écrie Ludovic. C'est pas vrai! Si tu ne cours pas aujourd'hui, c'est toute une saison de perdue!

Axelle a aussitôt une idée:

– Et si je prenais sa place, Ludovic? Regarde, il ne tient pas debout. J'enfile sa combi, je mets son casque. Il n'y aura que nous trois à le savoir. Les parents sont déjà dans les tribunes. Ils n'y verront que du feu. Comme ça, la saison n'est pas perdue.

– Hé, doucement, s'énerve Ludovic. Ce n'est pas parce que tu as fait le meilleur temps des jeunes de ton âge mercredi dernier sur la piste au Mans que tu serais prête à... Bon, je n'aurais jamais dû te dire ça. J'arrête de parler avant de dire trop de bêtises.

— Le meilleur temps des jeunes de mon âge ! s'exclame Axelle.

— Oui, c'est ça. Et comme je n'entraîne que des garçons, je te sais assez futée pour comprendre ce que ça veut dire ! rétorque Ludovic.

— Allez, Ludo. J'enfile la combi, le nom «Blanchard» est écrit dessus. Quand tu m'amèneras sur la piste par la pit lane, j'aurai déjà le casque de Guillaume sur la tête. À l'arrivée, je reviendrai au stand retirer la combinaison et la donner à Guillaume. Et j'aurai eu le plaisir de courir une vraie course une fois dans ma vie !

— Dis donc, tu n'as peur de rien. Allez, dépêche-toi avant que je ne change d'avis, commande-t-il, tout en pensant qu'il fait peut-être une grave erreur professionnelle.

Quand Axelle revient vêtue de la tenue de coureur, il s'écrie :

– Allez, hop, championne ! En voiture !

Installée dans le kart de Guillaume, Axelle se laisse pousser par Ludovic jusqu'à la ligne de départ. La tête bien prise par le casque, elle ne pense qu'à la piste devant elle. Ludovic lui parle tout en faisant avancer le kart :

– Toi, je l'ai compris l'autre jour : tu as le sens du vent. Pour les dépassements, sois prudente et tiens ta route. Sois consciente des autres conducteurs. Et ne confonds surtout pas vitesse et précipitation. Bonne chance !

Tandis que Ludovic se demande comment il s'est laissé convaincre de permettre à la fille de son meilleur ami de remplacer son frère, onze autres coureurs prennent leur place dans la pit-lane. Ludovic les connaît tous. Axelle les reconnaît aussi, les ayant vus week end après week-end lors des compétitions.

Le ciel est nuageux quand les karts se positionnent sur la grille de départ. La piste bitumée noire, récemment refaite, luit. Axelle sait qu'avec ses chicanes et ses dangers, le circuit de Magny-Cours est particulièrement exigeant pour les coureurs. Elle se concentre pour refaire mentalement le parcours du circuit qu'elle a visionné sur sa console de jeu, évaluant les vitesses auxquelles négo-

cier les virages ainsi que les points de dépassement possibles.

Axelle est confiante. Les spectateurs dans les tribunes, les autres concurrents, ses parents qui regardent le kart «Blanchard» sans savoir que c'est elle qui le pilote, le bruit étourdissant des moteurs, tout cela disparaît de son esprit

lorsqu'elle entend le signal du départ.

– À vos marques. Prêts. Partez! hurlent les haut-parleurs alors que le drapeau à damiers tombe.

Axelle réalise un bon départ et vire rapidement devant six des coureurs, se trouvant en sixième position dix secondes après le départ. Avec douze tours de piste à faire en tout, elle est déjà bien

placée. Au cinquième tour de piste, elle commence à prendre l'ascendant sur ses adversaires, elle voit une brèche s'ouvrir devant elle et n'hésite pas à s'y insérer. Elle dépasse les deux karts pour prendre la quatrième position qu'elle garde jusqu'au onzième tour. Au douzième et dernier tour, elle porte une attaque fulgurante au bout de la ligne droite des stands, réduit l'écart avec le coureur qui la précède, et déboule cinq secondes plus tard sur la ligne d'arrivée, terminant troisième de la course !

Ludovic arrive en courant.

– Va vite passer la combinaison à Guillaume. Il est toujours au stand. Je gère les autres pendant son absence. File ! lui ordonne-t-il d'un ton ferme.

Deux minutes plus tard, Guillaume sort sur la piste revêtu de sa combinaison et de son casque. Didier et Valérie ne tardent pas à arriver à côté du kart.

– Alors, Blanchard, le cadet s'est enfin réveillé, leur crie un supporteur.

Didier n'a d'yeux que pour son fils.

– C'est ce qu'on attendait de toi, Guillaume ! Les entraînements commencent à porter leurs fruits, dit-il, en savourant le moment.

– Bravo, Guillaume. Tu ne t'appelles pas Blanchard pour rien, renchérit Valérie.

Guillaume n'est pas aussi vert que tout à l'heure. En voyant Axelle sortir des stands, il lui fait un sourire pâle tandis qu'il reçoit les accolades de Didier, Valérie, d'autres coureurs et entraîneurs, et... d'Olivier Panis.

– Très bonne course, jeune homme. J'ai vu ta manœuvre pour dépasser le troisième coureur en tête juste avant la ligne d'arrivée. Super. Continue à courir comme ça et tu iras loin. Toutes mes félicitations, dit Olivier, en lui tapotant le dos.

Se tournant vers Didier, Olivier ajoute :

– Je connaissais les progrès de Thibault, mais tu ne m'avais jamais parlé du cadet. Et si j'ai bien compris, ta fille n'est pas loin derrière…

Un coup monté à Dijon

De retour au Mans, le lundi matin arrive bien trop tôt et le réveil est rude.

La journée au collège se passe comme dans un brouillard pour Axelle et Guillaume.

– Guillaume, présentez-nous l'explication du poème que je vous ai demandé de préparer pour aujourd'hui, demande Melle Diligenti, sa professeure de français. Guillaume ? Vous dormez ?

– Axelle, venez au tableau nous montrer la preuve de l'équation numéro 14, interroge M. Clou, le professeur de maths. Axelle ? Vous rêvez ?

Ni Axelle ni Guillaume n'arrive à penser à autre chose qu'à cet incroyable samedi après-midi sur la piste de Magny-Cours. Le lundi soir, ils se retrouvent dans la chambre d'Axelle.

– Qu'est-ce que je t'avais dit ? demande Guillaume. C'était génial, non ? Une vraie intrigue à la Shakespeare !

– Hallucinant. Trop bien, dit Axelle. Je n'arrive toujours pas à croire que j'ai couru, que je suis arrivée troisième… même s'il n'y a que Ludovic, toi et moi à le savoir.

– Ce qui est important, ce n'est pas

que tout le monde le sache, c'est que tu l'aies fait, n'est-ce pas? dit Guillaume, philosophe.

— Tu as raison, répond Axelle, moins convaincue.

— Tu sais, dans quinze jours, c'est la course de Dijon, continue Guillaume.

— Et alors? enchaîne-t-elle.

– Et si tu courais encore? propose Guillaume, malicieux. J'ai parlé avec Ludovic au stand juste avant de se remettre en route. Il a été époustouflé par ce que tu as fait, non seulement samedi à Magny-Cours mais aussi le mercredi sur la piste de karting.

– Tu ne peux quand même pas prévoir d'être malade à chaque fois ! Et puis, Ludovic…

– C'est vrai, avoue-t-il. Sauf que cette fois-ci, on planifie, et c'est toi et moi qui menons l'affaire. Nous n'avons pas besoin d'impliquer Ludovic.

– Qu'est-ce que tu as en tête? dit Axelle, le fixant les sourcils froncés. Tu crois qu'on peut rejouer le même tour? Échanger nos places… exprès? Et les parents, t'en fais quoi ? Tu imagines la scène le jour où ils découvriront le manège ?

– Pour l'instant, rien à craindre. Tu as vu leurs têtes après la course ? Heureux comme des gamins !

– Oui, leur fils chéri s'est enfin transformé ! dit-elle en rigolant. C'est déjà les « Frères Blanchard » ! Tu n'es pas sorti de l'auberge, mon vieux !

– Alors ? Ce n'est pas toi qui vas nous mettre des bâtons dans les roues ? demande Guillaume, provocateur.

– Moi ? Jamais de la vie, répond Axelle, sur un ton vif. Seulement, Monsieur Je-Sais-Tout, dis-moi comment on gère la suite !

Le mercredi après-midi suivant, Axelle

et Guillaume retrouvent Ludovic au garage derrière la piste du Mans.

– Bonjour, les jeunes. Comment ça va depuis Magny-Cours ? demande Ludovic. Et toi, Axelle, que penses-tu du résultat des courses ?

– C'était génial. On recommence à Dijon ? s'aventure Axelle, sur le ton de la plaisanterie.

– Hors de question, répond-il calmement. Vous savez bien que ça, ce n'est pas possible. Parlons plutôt de choses sérieuses.

Axelle et Guillaume n'osent pas se regarder.

– Axelle, tu as ce qu'il faut pour être pilote, continue Ludovic. J'entraîne des jeunes depuis plus de trente ans, et ce que tu as fait samedi dernier, je n'avais encore jamais vu ça.

Le cœur d'Axelle fait un bond.

– Et maintenant, demande-t-elle, qu'est-ce qu'il faut que je fasse ?

– Pour l'instant, tu vas t'entraîner. La compétition, on verra plus tard. Je répète : tu ne dois plus courir sous le nom de Guillaume. On a pris un risque énorme. Mais si tu veux accompagner Guillaume ici le mercredi et le samedi, je te consacrerai une heure à chaque fois, ce qui me permettra de voir tes progrès et de vérifier si ton talent tient la route au-delà de quelques entraînements ou bien si c'était juste du bol. Après ça, on avisera.

Axelle regarde Guillaume et lui demande :

– Tu es d'accord avec ça? Que je te prenne une heure de tes entraînements?

– Aucun problème, dit-il avec un soupir de soulagement. En m'entraînant ou pas, je suis sûr de ne pas m'améliorer, alors que toi, tu vas pouvoir passer la vitesse supérieure. Bien sûr que je suis d'accord!

À ces mots, Axelle se retourne vers Ludovic et déclare:

– Alors, je suis partante!

Dix jours plus tard, toute l'équipe se rend à Dijon pour un week-end de compétition. Didier et Valérie retrouvent sur place des sponsors qui s'intéressent à Thibault et qui semblent prêts à financer son année en Formule 3.

Juste au moment où Guillaume doit s'habiller pour la course, Axelle entre dans le stand et dit :

– Ludovic, Papa aimerait que tu viennes dire bonjour à ces gens qui vont parrainer Thibault. Il m'a dit que tu en aurais pour deux minutes.

– Je n'ai pas le temps pour ce genre de bavardages, grogne Ludovic. Bon, je suppose que je suis obligé d'y aller puisqu'il s'agit d'argent. Guillaume, monte dans le kart. J'arrive.

Dès que Ludovic sort du stand, Guillaume passe ses affaires à Axelle qui dit :

– Quelle chance ! On comptait sur le passage du commissaire de piste, mais il est venu bien trop tôt. Je n'y croyais plus ! Vive les sponsors !

Axelle enfile la tenue de coureur et s'installe dans le kart. Guillaume s'empresse de se cacher dans le placard au fond du stand. Une minute plus tard, Ludovic est de retour pour faire avancer « Guillaume » sur la piste.

Blanchard finit à nouveau troisième sur douze pilotes.

De retour au stand pour rendre la combinaison et le casque à Guillaume, Axelle s'écrie :

– C'est géant ! Deux fois de suite ! Tu as vu ça ?

– C'est quand même dommage que tu ne puisses pas être reconnue comme celle qui est arrivée troisième, chuchote Guillaume. C'est bizarre qu'on pense que c'est moi.

– Vas-y vite. Pas le temps de discuter maintenant, dit-elle, essoufflée.

Guillaume se dépêche pour retrouver le kart, Ludovic, les autres coureurs, et les fans qui se dirigent tous vers le podium.

– Troisième place : Guillaume Blanchard ! crie le présentateur.

Les applaudissements fusent.

– Guillaume, tu as encore assuré ! s'exclame Didier en arrivant devant le podium. Je ne sais pas ce qui t'a changé, mais quoi qu'il en soit, il faut que ça continue.

Valérie est perplexe : « Tiens, bizarre. Qu'est-ce qui lui arrive, à Guillaume ? »

Du podium, Guillaume aperçoit sa complice qui l'applaudit.

Ludovic, voyant l'échange de regards entre le frère et la sœur, fronce les sourcils et s'interroge : « Oh là là... Qu'est-ce qu'ils ont trafiqué ces deux-là ? »

Chapitre 7

Crise d'identité

Tout le monde parle de Guillaume comme du digne successeur de son grand frère. À la maison, les parents l'encensent à tel point que Thibault se met en colère un soir pendant le repas.

– Bon, d'accord, il a marqué des temps décents deux fois dans sa vie. On a compris. Arrêtez d'en faire un fromage. C'est bon maintenant !

Après le repas, Guillaume retrouve Axelle dans sa chambre.

– Ça ne doit pas être marrant pour toi. Tout le monde pense que c'est moi qui trace, alors que c'est toi qui as du talent, dit-il en voyant sa sœur un peu pensive.

– C'est pas très grave, dit Axelle. Je suis trop contente d'avoir couru, même si, cette fois, nous ne sommes que deux à le savoir. Je ne mérite pas tant de succès, pas après si peu d'entraînement. Bien sûr, j'aimerais que les parents me félicitent… mais je me demande parfois si cela leur ferait plaisir : je crois qu'ils préfèrent que l'exploit soit signé de leur fils. Ce qui m'embête le plus, c'est Ludovic. Tu crois qu'il a vu quelque chose ?

– Non, je ne crois pas. Il doit tout de même s'étonner de «ma» performance à Dijon ! continue Guillaume.

– Et maintenant ? demande Axelle.

– Voilà ce que je propose : jusqu'à la fin de la saison, tu continues à t'entraîner en douce avec Ludovic deux heures par semaine et, en parallèle, on change de place encore une ou deux fois. On ne dévoilera le subterfuge que si nous y sommes obligés. À ce propos, je me demande si Maman ne soupçonne pas quelque chose. Elle me regarde bizarrement.

– À Dijon, on était à deux doigts de se faire démasquer, rappelle Axelle. Ça faisait louche quand je me suis dirigée vers le stand en sortant du kart. Qu'est-ce qui va nous arriver quand ils vont découvrir ce qu'on a fait ?

– Oh là là… On dirait que tu te fatigues déjà de cette aventure.

– Ce n'est pas vrai ! Je n'aime pas mentir à Ludovic, c'est tout.

Le mercredi suivant, Axelle et Guillaume se rendent à l'entraînement.

– Salut, les jeunes, dit Ludovic en les voyant arriver.

– Salut, marmonnent-ils, l'air un peu confus.

– Oh là! Ce n'est pas le moment de vous laisser abattre, ni l'un ni l'autre. On a du boulot. Guillaume, dans trois semaines seulement, c'est la course finale à Portimao. Et Axelle, tu vas continuer à t'entraîner, comme prévu.

– Déjà le Portugal! souffle Guillaume. Je pensais qu'il y avait une autre course en France avant la finale.

– Réveille-toi, entonne Ludovic, avant de les regarder droit dans les yeux. Au fait, il y a un truc que je ne comprends pas et que vous allez m'expliquer : que s'est-il passé à Dijon ?

Devant leur silence, Ludovic pousse un long soupir.

– Mais qu'est-ce que vous avez ? reprend-il. Guillaume finit troisième à Dijon : du jamais vu. Axelle s'entraîne comme elle en rêve depuis des années. Et vous voilà dégonflés comme deux pneus crevés.

– Désolé, avance faiblement Guillaume, cherchant à avoir l'air naturel. Je ne sais pas comment j'ai réussi mon coup... et puis, j'ai pas l'habitude... d'arriver troisième, et encore moins de monter sur un podium, offre-t-il, en guise d'excuse.

S'adressant à Axelle, Ludovic continue :

— Il reste trois semaines avant la fin de
la saison, le temps d'un entraînement ra-
pide. J'ai même pensé qu'à ce moment-là,
on pourra montrer à tes parents ce dont
tu es capable. On abordera avec eux la
question de courir. Je saurai leur parler.

Les deux jeunes éprouvent des senti-
ments contradictoires. Axelle est ravie
d'avoir la chance inouïe de travailler
avec Ludovic. Elle devine qu'il prend le
risque de perdre l'amitié de ses parents.
Mais elle est mal à l'aise de lui cacher la
vérité sur la course à Dijon. Guillaume,
lui, est heureux que sa sœur se lance,
mais se demande toujours s'il ne va pas
une fois de plus décevoir ses parents. Et

lui non plus n'aime pas tromper Ludovic qui est si gentil avec eux deux.

Mais comme l'heure est à l'action et non à la réflexion, Axelle s'écrie, enthousiaste :

– C'est une super idée. Au moins, toi, ils t'écouteront. Ludovic, t'es le meilleur !

La première champione

Pendant trois semaines, Axelle se rend deux fois par semaine sur le circuit de kart avec Guillaume. Lors de la dernière séance avant le départ pour le Portugal, Ludovic l'encourage.

— Tu es devenue aussi performante que n'importe quel autre coureur de ton âge. Dommage que tu ne puisses pas courir à Portimao... mais bon, chaque chose en son temps. Il faut d'abord convaincre tes parents. Au retour, tu leur montreras ce que tu sais faire et j'appuierai ta demande pour que tu aies un entraînement sérieux, propose Ludovic. J'espère qu'en voyant tes capacités, ils accepteront.

– Avec eux, rien n'est gagné d'avance, le prévient Axelle. En tous cas, merci pour tout.

En route vers le Portugal, Axelle se remémore les consignes des dernières semaines. Ce que Ludovic ne sait pas, c'est qu'elle a l'intention de participer à une vraie course avant de montrer ce qu'elle sait faire à ses parents sur la piste de karting du Mans. Axelle est convaincue que ses parents ne la prendront au sérieux que si elle fait ses preuves en grandeur réelle. Avec Guillaume, elle a tout prévu pour courir encore à sa place. Sauf que, cette fois-ci, elle ne compte pas arriver troisième : elle veut gagner. Et si elle gagne, elle retirera son casque dès la fin de la course pour mettre ses parents devant le fait accompli.

À Portimao, chacun vaque à ses occupations en silence. À quatorze heures quarante-cinq, tout est en place. Didier et Valérie sont dans les tribunes. Thibault se repose avant sa course de dix-sept heures. Guillaume, vêtu de sa tenue de coureur, se tient prêt dans le stand. Ludovic effectue les derniers réglages sur le kart. Sans s'impatienter, Axelle attend le moment où Ludovic sortira du stand pour remettre la fiche de contrôle technique au commissaire de piste.

À quatorze heures cinquante, le moment est venu. Le commissaire passe. Ludovic sort.

– Fais vite, on n'a que deux minutes pour faire l'échange, dit Axelle.

– T'inquiète, répond Guillaume qui enlève sa combinaison et se cache dans le vestiaire.

Axelle s'habille en quatrième vitesse.

Elle s'installe dans le kart juste à temps. C'est ainsi que, pour la troisième fois depuis deux mois, Ludovic fait avancer Axelle jusqu'à la ligne de départ.

Le drapeau à damier tombe. Les coureurs partent. Axelle réalise un bon départ et se place en quatrième position. Au sixième tour, elle est en deuxième position. Au douzième et ultime tour, elle effectue

un dépassement du seul kart devant elle et termine la course… première !

– Blan-chard ! Blan-chard ! Blan-chard ! scandent les spectateurs.

Ludovic arrive en courant, comme les deux autres fois. Axelle saute du kart, comme à Magny-Cours et à Dijon. Mais cette fois ci, elle ne retourne pas au stand. Du coin de l'œil, elle aperçoit Guillaume au loin. Elle retire le casque et rencontre le regard courroucé de Ludovic.

– Je m'en doutais ! s'écrie Ludovic. Après ce qui s'est passé à Dijon, je savais. Ça ne pouvait être que toi.

Les parents déboulent sur la piste. Ils voient Guillaume près du stand, tranquille, et Axelle, vêtue de la combinaison «Blanchard», à côté du kart, rayonnante.

— Mais, mais, qu'est-ce qui… ? bredouille Didier.

— Quoi… ? balbutie Valérie.

— Ce n'est pas Guillaume qui a gagné la course aujourd'hui, c'est Axelle, déclare Ludovic.

Devant leurs yeux incrédules, Ludovic enchaîne :

– Ça ne devait pas se passer comme ça, mais tôt ou tard, vous l'auriez compris : vous avez une championne sur les bras !

Didier reste muet, Valérie sourit.

– Quand ? Comment ? émet Didier, se retournant enfin vers Axelle.

Axelle est trop excitée pour parler, alors Ludovic continue :

– Avec moins de deux mois d'entraînement, ta fille s'est haussée au niveau des meilleurs de son âge. Même si je n'approuve pas la ruse, il faut admettre que sa victoire est un tour de force !

Mais ce n'est pas le moment des explications : on attend les gagnants sur le podium pour la remise des trophées.

De loin, Thibault se prépare pour sa course et observe la scène. « Guillaume aurait-il gagné la course dans sa caté-gorie de karting? Mais c'est le monde à l'envers», pense-t-il.

Axelle, de son côté, monte sur le po-dium, ses cheveux mi-longs et ses traits doux révélant son identité de fille. Le re-gard clair, un large sourire aux lèvres, elle balaie la foule des yeux. Elle a envie de sauter de joie et de pleurer de bonheur en même temps.

Guillaume sort vite calepin et stylo pour prendre quelques notes et garder trace du moment. À voir le visage de ses parents, il se doute que tout finira bien, comme dans la pièce de Shakespeare! Ils changeront leur rêve de victoire des «Frères Blanchard» en victoire «Blan-chard & Blanchard», c'est tout!

Encore sous le choc, Didier commence tout juste à réaliser qu'Axelle a gagné, au vu et au su de tous. Si Valérie, elle, a déjà compris, Didier accepte petit à petit que la tradition d'antan est en train de céder la place à une aventure inédite : celle d'une fille, qui, parce qu'elle n'a pas froid aux yeux, réussira à forger son propre destin.

Le son du haut-parleur les interrompt.

– Un Blanchard a gagné, certes, mais pas celui qui figure sur nos listes. Disqualification immédiate de Guillaume Blanchard! s'écrient les juges.

Impossible qu'il en soit autrement : les autorités du karting, en découvrant que le pilote «Blanchard» inscrit pour les courses de Portimao, de Dijon et de Magny-Cours n'est pas la personne qui a réellement couru, sanctionnent la supercherie. Au grand soulagement de Guillaume, ils lui interdisent de courir pendant un an. Quant à Axelle, elle devra bien sûr rendre sa médaille.

Malgré cela, le voyage de retour au Mans prend un air de fête. L'ambiance à l'intérieur du fourgon est à la bonne humeur tandis que tous se remémorent les événements des deux derniers mois.

– C'était toi aussi à Magny-Cours et à Dijon ? Je n'ai rien vu ! avoue Didier.

– Il t'a fallu une sacrée détermination, ajoute Valérie. Félicitations, chérie !

Les parents demandent à Ludovic d'assurer la formation d'Axelle pour la saison à venir.

– Ce sera avec plaisir ! s'enthousiasme Ludovic.

– Ouf! pense Guillaume tout haut. Les « deux coureurs dans la famille » dont Papa parle sans cesse s'appelleront enfin Thibault et Axelle! C'est génial.

Thibault, roulant des mécaniques comme à son habitude, ajoute:

– Je pourrai te filer des conseils, te montrer des stratégies. Quand tu voudras!

– Dès qu'on arrive! répond Axelle, du tac au tac.

Elle pense alors à Natacha Gachnang. A-t-elle imaginé, en débutant le karting de compétition à l'âge de huit ans, le succès qu'elle connaîtrait? Axelle vient à peine de démarrer sa carrière et la route sera longue mais elle est sûre d'une chose: un jour, elle sera une vraie championne!

Table des matières

Dans la même collection

- *Le domaine des dragons*, Leiia Major, Marie-Pierre Oddoux
- *On n'est pas des mauviettes*, CÔA !, Emmanuel Trédez, Marie Morey
- *Je veux une quiziiine !*, Sophie Dieuaide, Mélanie Allag
- *Ma mère est maire*, Florence Hinckel, Pauline Duhamel
- *Inès la piratesse*, Pascal Coatanlem, Laure Gomez
- *La joue bleue*, Hélène Leroy, Sylvie Serprix
- *Une fille tout feu tout flamme*, Nathalie Somers, Sébastien des Déserts
- *Le maillot de bain*, Florence Hinckel, Élodie Balandras
- *Blanche et les sept danseurs*, Gwendoline Raisson, Ewen Blain
- *Un copain de plus*, Agnès Laroche, Philippe Bucamp
- *Les lutines se mutinent*, Sophie Carquain, Ewen Blain
- *Grignote, une souris pas idiote*, Christian de Calvairac, Marie Morey
- *Morgause*, July Jean-Xavier, Anne Duprat
- *Club poney et clan vélo*, Léna Ellka, Caroline Modeste
- *Les petites filles top-modèles*, Clémentine Beauvais, Vivilablonde
- *Philo mène la danse*, Séverine Vidal, Mayana Itoïz
- *Doli, Indienne Pikuni*, Pascal Coatanlem, Laure Gomez
- *Joli-Cœur*, Jo Witek, Benjamin Strickler
- *La liste de Noël*, Nathalie Leray, Christine Circosta
- *Les lutines au camping*, Sophie Carquain, Ewen Blain

Achevé d'imprimer en Italie par ERCOM.